생명력 전개
임승유 시집

문학동네시인선 213 임승유

생명력 전개

시인의 말

이야기에는 한 사람 이상이 등장한다. 나는 이야기에 등장하는 한 사람이 되었다가 이야기에서 빠져나오는 한 사람이 되기를 반복했다.

2024년 5월
임승유

김옥산에게

차례

2부 이제 그만 와서 카레를 먹어

1부

그때 못 봤던 거 보러 가자

그녀는 거의 자기 집에 있는 것 같았다

어디에 있었어

부엌 책장 위 하얀색 바구니에

그 바구니라면 내가 어제 비누칠까지 해가며 씻은 후에
오후 햇볕에 말려서 올려놓은 것 그전에는 베란다 한구석
에서 겨울을 났지 그전에는 서로 다른 세 가지 색깔의 꽃을
피워내던 화초가 심겨 있었고 그전에는 요즘엔 안 쓰는 그
린 초크가 가득 담겨 있어서 내가 쏟아낸 것 더 전에는 내
가 모르는 것

모르겠어 그게 어쩌다 거기 들어가 있었는지

소매가 긴 푸른 셔츠에 검정 바지

뒷문을 열고 나간 것까지는 기억해. 문득 정신 차려보니 소철나무 앞에 앉아 있더라고. 내가 아는 소철이었어. 키운 지는 몇 년 됐고. 시간이 좀더 지난 후에는 소철이 아니라 푸른 이끼로 뒤덮인 돌멩이라는 걸 알게 됐지. 생명력으로 가득한데다가 부드럽고 축축해서 손바닥으로 쓸어도 보고 고개 숙여 냄새를 맡기도 했어. 동작을 반복하는 동안 나는 점점 견딜 수가 없었어. 뭘 더 해야 이 푸른 것 옆에 있게 될까. 한번 그런 생각을 하고 나니까 이 외에는 아무것도 중요한 게 없고 이런 나를 어떻게 하면 좋겠느냐고 거의 울먹이는 심정이 됐을 때 멀리서부터 해가 비치기 시작하는 거야. 새들이 나무와 나무 사이로 옮겨다니느라 온통 시끄러웠어. 여기서 뭐하세요? 아이 손을 잡고 서서 누군가 나를 내려다보고 있었어. 소매가 긴 푸른 셔츠에 검정 바지를 입었더라고. 지금 막 일어나려던 참이었어요. 주변의 다른 생물이 그러하듯 저기 해가 비치는 지평선을 향해 천천히 움직였지. 두 사람이 뒤에 있다고 생각하니 얼마든지 나아갈 수 있겠더라고. 지금 생각해도 신통한 건 갑자기 나타난 두 사람이야. 두 사람이 아니었다면 이끼 앞에 쪼그려앉아 있던 내가 어떻게 됐을지 누가 알겠어.

만두

일요일까지 일을 끝내야 해서 만두를 못 해먹고 있다. 냉동실에 만두가 바닥난 지는 한참 됐다. 꺼내 먹어야 할 만두가 안 남아 있으니 일이 손에 안 잡힌다.

마감도 하면서 만두 만들 방법은 없을까 고민하다가

만두에 대한 시를 쓰기로 했다. 만두를 미리 끌어와 시를 쓰고 시에 언급된 만큼 만두를 만드는 것이다.

일요일이 오면

아무 생각 없이 만두에 매달리기 위해

지금은 만두만 생각하자. 만두란 무엇인가. 나는 만두에 대해 무엇을 아는가. 만두는 만두 만드는 일요일에 도착할 수 있는가. 그럴 때의 만두란 언젠가 먹어본 적 있으며, 오래 사귀던 사람과 헤어진 날 모퉁이 만두 가게에서 혼자 먹던 만두인데

오오 여기서의 만두란 그런 서정적 만두여서는 안 됩니다.

드디어 일요일 아침이 시작될 때

하루종일 만두를 만들 수 있을 것인가, 시간이 지나면 지 ⎯
날수록 만두는 늘어나서 온 겨울을 함께할 수 있을 것인가

그런 게 중요한 만두입니다.

그의 태도와 눈빛

미나리 캐 올게.

이 말을 남기고 나간 사람을 그라고 하자 나는 남게 된다.
남은 김에 영화를 한 편 본다. 처음 본 순간 푸른 눈동자에
매료되어 소년을 좋아하기로 마음먹은 소녀가 나오는 영화
다. 소녀가 키 큰 나무에서 안 내려오는 데까지 보다가 잠들
었다. 초여름의 오후니까 말이다.

자고 일어났는데도 그는 없다.

어디까지 간 걸까. 고개를 들어 먼 데를 보자 정말 그가
미나리를 찾아 풀밭을 헤맨다. 미나리는 물가에서 자라고
그는 물소리를 따라 깊이 들어가고 미나리가 자랄 수 있는
환경에서

크고 있는 미나리

이제부터 미나리를 키우는 거야

미나리에 물 주는 사람을 나라고 하자 그는 고개를 끄덕
인다. 아니 이런 진행으로는 안 될 것 같다. 그가 여기에 있
다고 할 수가 없다. 어떻게 하면 그의 태도와 눈빛을 살려
낼 수 있을까.

미나리를 키우려면 하루에도 몇 번씩 해야 하는 고민이다.

한 사람이 두 사람을 끌어들여 이틀에 걸쳐 해낸 작업에 대한 보고서

한 사람은 모든 작업 과정을 구현해낼 수 있는 사람이지만 망설였다. 한 사람을 움직인 건 두 사람이다. 두 사람은 준비되어 있었다. 팔꿈치로 지지대를 세운 다음 두 손을 펼쳐 얼굴을 들어올렸다. 한 사람을 바라봤다. 그러던 어느 하루 무섭게 비가 쏟아지다가 멈춘 저녁에 한 사람이 마음을 먹었다. 긴 옷이 필요합니다. 다 입었으면 모기 기피제를 뿌리겠습니다. 채집망을 들어주세요. 장화를 신었군요. 잘했습니다. 이리로 오시기 바랍니다. 제가 풀숲 한가운데 미리 의자를 가져다놓은 이유는 여기서 방향을 틀기 위해서입니다. 자 이쪽입니다. 여기가 너무 깊지 않아 좋군요. 넘어질 것 같으면 휴대전화는 위로 들어주세요.

방수가 됩니다.

아 그럼 아무렇게나 되는대로 하면 되겠습니다. 되는대로 작업하는 동안 많은 풀벌레 다가와서 울었다. 윙윙거린다 하지 않고 울었다 하는 그 마음 짚어봐야 했지만 피곤해서 숙소로 돌아와 씻고 잤다. 다음날이 되었다. 한 사람이 지시한 대로 두 사람은 작업을 시작한다. 한쪽엔 껍질이 쌓이고 한쪽엔 알맹이가 쌓인다. 결과가 정직하게 드러난다. 너무 쉽게 끝나버리는 걸까. 두 사람은 이따가 만나, 인사하며 헤어진다. 한 사람으로 하여금 작업을 계획하고 지시를 내리도록 종용한 두 사람의 여름날이 양분된다. 안녕. 멀리

나가 꺾어 온 꽃을 건네기도 했지만 안녕. 말끝을 길게 늘이 ─
며 인사하는 안녕을 위해, 웃고 떠들고 걸었던 날들을 위해
작성하는 보고서. 어떻게 끝날지 모르는 보고서를 작성하고
의자에서 일어나 식당으로 가면 한 사람이 만들어놓은 음
식을 먹을 수 있다. 이미 모두 모여 먹고 있는지도 모른다.

여주

여주 가기 전에는 여주에 대해 아는 게 없어서 여주를 상상했다. 여주를 상상하는 가장 손쉬운 길은

여주의 입구에서부터 여주의 안쪽으로 천천히 걷는 것. 아, 어서 와요. 오래 기다렸어요. 어디까지나 상상이므로 새가 인사하도록 둬도 된다. 나처럼 사람과 사람의 손길이 닿은 식물을 좋아하면 그 사람의 정원으로 안내받는 것도 좋다.

햇빛에 노출된 시간이 길어져서

웃음이 묻어나지 않게 웃을 줄 아는 사람과 별반 다르지 않게 된 나무의자에 앉아 담배 한 대 피우고

자, 이제 뭐부터 시작할까

생각에 잠기면

오후에 모이기로 한 연재와 지수와 은성이가 하나둘 손을 흔들며 여주로 들어온다. 여주에 가기로 마음먹고 여주를 기다려 기어이 여주에 다다르게 된 사람들로서

우리는 웃는다. 어서 와요. 이렇게 만나서 정말 반가워

요. 마치 웃음이 묻어나게 웃는 게 뭔지 아는 사람들 같다. ―

―

감자 양식

이런 식으로는 안 되겠어. 되게 하려면 뭘 먹어야 하는데. 도통 뭘 먹는 법이 없는 여자가 등장하는 소설은 언제 끝날지 모르고 그녀는 자꾸만 음식 생각을 한다. 문장과 문장 사이에 음식 생각이 끼어들면 이야기가 진행되지 않는다. 생각을 몰아내고 문장에 몰입하기 위해 얼른 음식을 만들어 먹고 시작하자. 가장 손쉬운 건 감자. 수돗물에 감자를 씻어서 냄비에 넣고 기다렸다가 익으면 젓가락으로 푹 찔러서 먹는 거야. 문제는 바구니의 감자가 오래됐다는 것. 오래돼서 싹이 나서 벌써 이파리까지 상상해버렸네. 그렇다면 껍질 벗긴 후에 채 썰어서 감자채전을 해먹는 것도 방법. 스며드는 기름 감각. 하지만 그녀는 벌써 여러 번 감자채 썰다가 손톱까지 썰었기 때문에 그녀에게 썰게 할 수는 없다. 감자 써는 사람을 바꿀까. 아직 감자를 썰다가 손톱을 썬 적 없는 사람으로. 그로 하여금 껍질 벗긴 감자를 채칼에 대고 문지르게 하다가 위험해진다 싶으면 쥐고 있던 부분을 쓰레기통에 던지고 그다음 감자, 그다음 감자, 그렇게 하다가 감자채가 쌓이면 쌓인 감자채에 물을 부어 전분이 빠지도록 해놓은 다음에

물 묻은 손을 티셔츠 자락에 문지르며 책상 앞에 그가 앉는다. 앉아서 문장을 적어나간다. 아까 뒤로 빠져 있던 그녀가 이왕 이렇게 된 거 이 모든 과정을 문장으로 적어야겠다고 생각했기 때문이다. 더 뒤로 빠져 있던 나는 그녀로 하여

금 읽던 소설을 마저 읽게 하고 싶지만

　그녀는 허기진 상태라서 이 문장이 끝나기 전에 전분이 빠진 감자채에 소금과 튀김가루 약간을 섞어 기름에 부치기 위해 일어나 부엌으로 가야 한다.

나오는 사람들

엄마랑 말도 안 되는 이야기를 나누다가

창밖을 봤는데 내가 아는 사람이 복도에 서 있다. 어린 사내아이를 업고 문을 두드린다. 누가 좀 도와주세요!

안에서는 아무 대답이 없고

등에 업힌 사내아이는 축 늘어지고

내가 아는 사람은 울먹인다. 잠깐만 기다려요. 내가 갈게요. 말하며 벌떡 일어났는데

아직 머리를 감지 않았다는 사실이 떠올랐다. 엄마 샴푸가 어디 있지요? 엄마를 불렀지만 엄마는 어디 가고 없다. 세면실을 열었더니 말라비틀어진 세숫비누만 놓여 있다. 엄마 도대체 엄마는

나는 샴푸를 찾아 마당으로 뛰어갔다가 저기 멀리 동네 목욕탕으로 달려갔다가 샴푸 같은 건 아무래도 좋은 심정이 되었는데

어느 여름날 동네 애들 몇이서 멱을 감으러 들어갔다가 한 명이 나오지 못해 온 동네가 들고일어나 뛰어다니게 했던

저수지 앞에 앉아 있게 되었고

머리카락을 쓸어모아 이제 막 적시려고 하는데

너는 도대체 뭐하는 애니? 애가 저렇게 자지러지게 울고 있는데 고개를 처박고 한다는 짓이

정신 차려보니

엄마가 젖은 머리를 하고 세면실에서 나오고 있다. 엄마 내가 아까 얼마나 찾은 줄 알아요?

울먹이며

샴푸를 찾을 수 없는 이런 생활의 지긋지긋함에 대하여 이제 마음놓고 떠들고 싶었는데

귀에 물이 들어갔을 때처럼 느닷없이 혼자가 되었다. 무릎을 꿇고 앉아 나도 알아들을 수 없는 무슨 말인가를 끝도 없이 늘어놓고 있었다.

직접적인 경험

열흘간 뭘 할 수 있겠어요

고개를 내저으면서도 칫솔을 내준 주인과 여름을 보냈다.
비가 오려나봐요 그러면 얼른 뛰어가 빨래를 걷어 오고 오
늘은 해가 나려나봐요 그러면 빨래를 내다 널면서

하루종일 비가 오던 날에는

우산을 쓰고 마을을 걸어다녔다. 어디서 많이 본 풍경 같
지 않아요? 말하고 싶었는데 주인이 먼저 말하고는 자기 앞
에 펼쳐진 풍경 속으로 침잠했다. 빗소리가 들리는 가운데
아무래도 이상하다 싶었던 건 우산을 썼다고는 해도 너무
안 젖었다는 것

마당에 의자를 가져다놓고 앉아

하늘에서 구름이 휙휙 지나가는 모습을 지켜보던 날에는
개미 한 마리 안 지나갔다. 퇴실을 하루 앞둔 날 밤엔 잠이
안 왔다. 이제 그만 가봐야겠다면서 트렁크를 끌고 나올 때
저기 멀리서 손 흔들어주던 주인

뒷걸음질치며 풍경에서 빠져나온 나는

이를 닦다가 두 가지 사실을 깨닫는다. 주인이 내준 파란
색 칫솔을 가져왔다는 것과 남은 생애 내내 양치질을 하며
살아야 한다는 것

중요한 역할

작고 예뻐서 데려온 애가 남천이었어요. 어디서나 잘 자란다고 하고. 한동네 살다가 이사간 금천이라는 애도 생각나고. 그래서 잘 키워보고 싶었죠. 생각날 때마다 창문 열어주면서 물 주면서

그랬는데 시들해요.

일조량이 부족했을까요. 금천이가 중학생이 되어 놀러왔을 때 엄마 뒤로 숨던 일이 생각납니다. 동네에 그애가 있다 생각하면 신나면서도 그랬어요. 그런 날들은 어떻게 지나가는지도 모르게 지나가고

물건을 돌려주러 가는 길에

그애가 자란다면 딱 이렇겠구나 싶게 엄청 크고 무성한 남천을 봤어요. 이 집에서는 밖에 내놓고 기르는 모양이더라고요. 남천을 잘 키우면 이렇게 되는구나. 정신이 번쩍 드는 겁니다.

키우던 애가 커서

키우는 마음이 뭔지 아는 순간이 온다는 사실을 왜 자꾸 잊을까요. 얼른 가서 남천을 봐야겠어요.

들어올린 발꿈치의 우아함

나중에 알게 될 거야. 마치 나중을 알기라도 하는 것처럼 말한다. 지금은 모르지만 나중에 알기 위해

나중까지 생각해야 했고 정말 나중이 있기라도 한 것처럼 선반에 올려놓았던 상자를 내리려고 발꿈치를 들어올릴 때

멈춘 것 같다. 한참 된 것 같다. 이런 우아함은 설명할 길이 없으므로

그때 나한테 왜 그런 거야.

한번 꺼내놓으면 갈 데가 없어지는 말도 있다는 걸 나중에 알게 되는 것이다.

충북대학교

그녀는 머리를 말리고 밖으로 나갔다. 그녀는 이제 막 열여섯이 되었다. 무슨 생각 하는지는 모르지만 티셔츠를 입었다는 건 알 수 있다. 청바지를 입었다는 건 알 수 있다. 그녀는 밖으로 나갔고 피가 흘러서 다시 들어왔으며 피가 흐르기 시작한 지는 몇 달 되었다. 나는 오이를 베어먹으며 그녀를 보고 있다. 그녀는 서랍을 열었다. 그녀는 오버나이트를 반으로 잘랐다. 반으로 자른 그것을 속옷에 붙일 때 싹둑 가위 소리가 지나가는

두 다리는 힘이 세다. 그녀는 충북대학교 가는 버스를 탔다. 반장이 충북대학교 정문으로 나오라고 했기 때문이다. 그녀가 탄 버스는 그녀를 충북대학교 후문에 내려놓았다. 버스를 잘못 탔기 때문이다. 나는 그녀를 보고 있다. 그녀는 정문을 향해 걷기 시작했다. 나는 다 먹은 오이 꼭지를 창밖으로 던졌다.

매미가 울었다. 매미가 울면 소리가 나고 소리는 어느 순간 멈추겠지. 하지만 매미가 한 번만 울지 않고 여러 번 울어서 소리가 어디까지 가서 끝나는지 확인할 수 없었다. 사람도 별로 없었다. 땀이 흘렀다. 피가 흘렀다. 잔디밭 사이로 난 길을 따라 걸었다. 가위가 지나간 자리로 솜이 삐져나오고 있었다. 솜이 삐져나오듯 그녀가 충북대학교 정문에서 빠져나오고 있었다.

제라늄의 도움을 받아

얼굴을 감싸쥐자 만들어지는 어둠
두 손은 잘못 없지만

흘러내리는

리듬과는 상관없는 것

동네 사람들이 마당에 모여 있었다. 그 안에 주검이 있다
했다. 맞아 죽었다 했다. 술 먹고 발 헛디뎠다 했다. 설거지
통에 담겨 있는 식기류와

오후의 빛

이미지는 아니다

꿈속에서 친구는 혼자 나왔다. 그때 못 봤던 거 보러 가자.
빛이 빛을 벗어나는 방법

얼굴이 얼굴을 달아나는 방법

제라늄의 도움을 받아 빛으로 색깔을 만들었다. 나중에
밝혀지겠지만

—　신발 한 짝을 마저 벗지도 못한 채 집안으로 뛰어들어가

자식을 감싸안고서 흉기에 찔려 죽은 여성. 찔러 죽인 남자는

남편이라는 사람. 가족을 떼어내자 색깔이 분명해졌다.

찢어 죽일 놈. 어디 가서 지가 혀를 깨물고 죽지. 자기가 무슨 말을 하는지 아는 걸까. 엄마는

남편 잡아먹은 여자

옛날 사람들은 두려움도 없이 저런 말을 잘도 했다. 엄마 혼자서 얼마나 많이 들었는지

모른다.

아버지란 사람이 너한테 가장 잘한 일은 일찍 죽어버린 거라고 말하던 엄마는 가장 잘 이해했다.

가장 이해 못한 건

마당을 가로지르는 빛

뛰어다니는 사람들 　　　　　　　　　　　　　　　　　—

친구랑은 손잡고 걸었다. 마음만 먹으면 날 수도 있었는
데 혹시 몰라서 마음은 색깔처럼 남겨두기로 했다.

2부

이제 그만 와서 카레를 먹어

날씨

그는 주말 아침 밖으로 나갔다. 우유가 떨어졌기 때문이다. 보리쌀도 떨어졌기 때문이다. 나가는 김에 저 옷들도 가져다가 맡기는 게 좋겠어요. 큼직한 가방에 옷가지를 담으며 그녀가 말했다. 그는 주말 아침 밖으로 나갔다. 조금씩 비가 내리고 있었다. 조금씩 내리는 비는 주말 아침 밖으로 나가는 일과 잘 맞아떨어졌다. 스웨터를 여미며 그녀는 한 가지 고민이 생겼다. 문을 안 열었으면 어떻게 하지. 이른 주말 아침이었기 때문이다. 비가 조금씩 내리고 있었기 때문이다. 그래도 그는 주말 아침 밖으로 나갔다. 큼직한 가방을 들고 나갔다.

카레

들어올 때 카레 가루 좀 사다달라고 말해놓고 카레보다 카레 가루가 먼저 나와서

기다리고 있다.

카레는 혼자 먹게는 안 되지. 먹게 된다면 며칠은 먹겠지. 어떻게든 먹으려고 양파를 썰다가 양파가 자라는 양파 밭을 떠올려도 눈물은 안 난다. 다만 떠올려보고 안 가본 데가 많았으므로 양파 밭에 들어가보기로 하는데

들어올 때 양파 밭에 들르지 않은 너는 양파가 끓고 있는 국물에 카레 가루를 풀어 넣는다. 며칠은 갈 것이고 혼자 떠먹다가 말해보는 것이다.

이제 그만 와서 카레를 먹어.

단추를 목까지 채우고서

그 사람을 생각했다. 그 사람이 나에 대해 뭐라고 했다는 말을 들은 다음부터다. 누구든 다른 사람에 대해 뭐라고 할 수 있으니

나는 넘어간다. 그러던 어느 날

쇳조각 같은 걸 주워서 바닥을 긁다가 그 날카롭고 소름 끼치는 사운드가 이어지는 게 싫어서 벌떡 일어나 저기 흰 벽을 두르고 서 있는 건물까지, 거의 노을이라고 해도 무방할 정도로 해가 넘어갈 때까지 넘어간다.

하나둘
가로등에
불이 들어오기 시작하고

저 위에서부터 어둠을 끌어내리듯 걸어오면, 가만가만 목덜미를 쓰다듬는 것 같다. 나는 거의 목이 없는데. 그래서 단추를 푸는 게 더 나았지. 내가 내린 판단이 언제나 옳은 건 아니지만 얼굴도 모르고 나이도 모르는

그 사람의 이름은 잊히지 않는다. 이름이 보일 때마다 깊은 관심을 갖는다. 쇳조각의 감촉이 되살아날 때마다 주머니를 뒤적인다

아 이런 전개는…… 의도한 게 아니지만 진심 같고, 하지만 진심은 무엇이란 말인가. 진심으로 인해 어두컴컴한 주머니 속을 돌아다니느니

내 손에 아직 쇳조각이 있다는 걸 깨닫고는 얼른 주머니에 집어넣는다.

그래도 미진하면,

양손이 있다는 것. 양손으로 머리카락을 들어올려

한 손으로는 잡고 나머지 한 손으로는 묶는 것. 이 정도는 해야

넘어가도 넘어가는 게 된다.

점심시간

나갔다 들어온 사람이

무슨 일 없었어요?

질문하면 일이 생긴다. 그러니까 책임질 것도 아니면서 물어보긴 왜 물어보느냐 따지고 싶지만 이미 늦었다.

아이들이 학교 담장을 타고 넘어가 인근 아파트 옥상까지 올라가서 담배를 피웠고 주민 신고가 들어온 것이다.

각 반 아이들 이름이 호명되는 사이에

나갔다가 지금 막 들어온 사람은 담을 넘어본다. 가급적 주민 입장에서 벗어나 아이들과 함께 담장을 타고 넘어간다. 혼자서는 못 넘는 담을 수월하게 넘는다. 멀리 볼 필요 없지. 어서 와, 내밀어주는 손을 잡으며 눈에 띄는 현관으로 들어간다. 옥상까지 올라간다. 여기부터는 조금 어렵다. 언제 한 번이라도 아파트 옥상에 올라가봤어야지. 이 부분은 안 건드리는 게 좋겠다.

할 수 있는 걸 한다는 심정으로

주변의 눈을 피해 따라가본다. 혼자 갔다면 웅크렸을 텐

데. 잘 안 보였을 텐데. 누군가 조심스럽게 주머니에 넣어줄
수도 있었을 텐데. 우르르 몰려갔지. 일이 커져버렸지. 저렇
게 커져버린 일을 어떻게 하면 좋겠느냐고

어떻게 그럴 수가 있느냐고

모여서 수군거리고 쯧쯧쯧 혀를 차면서 대책을 강구하는
가운데 저만치 혼자서 운동장을 돌고 있는 아이

그 아이와 가깝다.

나갔다 들어온 사람은

위에서 내려다보면 무슨 담배를 피우고 있는 것 같은데
막상 가까이 가보면 새우깡을 먹고 있는. 양파링도 나쁘지
않지. 어쨌거나 가운데 커다란 구멍을 남겨놓고 가장자리
를 돌면서.

점심시간은 한 번도 빼먹지 않고 지나간다.

이야기

집에서 나왔는데 갈 데가 없어서 그랬는지 아니면 엄마가 뭘 갖다주라고 심부름을 시켜서 그랬는지

어느 순간

그 집 앞에 서 있었다. 무슨 일이니? 묻지 않고 그애 엄마가 나를 야외용 식탁으로 데려가 앉히고는

막 정원에서 따온 게 분명한 딸기 한 접시를 내놓았다. 같이 학교를 다닌 적도 없는 그애가 여기에 살았다. 양손을 바지에 문질러 닦고 주위를 한 바퀴 둘러본 후에 딸기를 집어 먹었다. 딸기 한 접시를 다 비우고 나니 이제 일어나 집으로 돌아오는 일밖에 남은 게 없어서

잘 먹었습니다 인사하고 돌아나올 때

그애 엄마가 문밖까지 따라 나와 배웅해줬던 장면이 지금까지도 사라지지 않고 남아 나를 미치게 만든다. 어떻게 하면 그애를 만나러 다시 거기까지 갈 수 있을까.

밀어서 넘어트리기

네가 말한 적 있지. 사각형을 그린 다음에 손잡이를 돌려 문처럼 밀면 내가 거기 앉아 있다가

왔어?

물어보는 장면을 떠올렸다고.

그게 도움이 됐어. 그래서 사각형을 그리려고 해.

위에서 아래로 한 획을 긋고 다시 올라가서 옆에서 옆으로 선을 그려야 하잖아.

맞아

나는 그게 잘 안 됐어. 옆에서 옆으로 옮겨갈 때 자꾸만 눈 감게 되더라고. 안 감았는데도

버스에서 내려 오르막길로 막 접어들었을 때 후다닥 나타난 남자가 내 가슴을 훔치고 달아났어. 바다를 연모해 휘달릴 때도 차마 이곳을 범하던 못하였으리라.*

그런 산맥을 떠올린 적 있어?

─   시인의 웅장한 문장을 따라 세번째 선을 그려. 눈 똑바로
뜨고 위에서 아래로 단번에 그어내려야 해.

　죽었다가 살아나길 반복하면서

　나는 헤엄쳤다―하지만 파도가 말의 목덜미처럼 높았다.
나는 헤엄쳤다―하지만 조수가 만 번의 오르가슴처럼 닥
*쳤다.***

　바다에 이른 물결처럼 두 마리의 말이 나란히 달리는 것
같은 문장에 힘입어 나아가고 있지만

　아침에 밀려들었다가 나가는 바닷물처럼 네가 나를 떠났
을 때

　그래봤자 연인들은 함께 있을 뿐……

　내 가슴을 훔치고 달아난 남자는 나를 사랑했던 남자는
아니지.
　내 가슴을 훔치고 달아난 남자는 내가 사랑했던 남자는
아니지.

　절망을 부여안고 이제 마지막 선을 그어야 해. 흔들어 깨

워도 일어나지 못할 것처럼 누워서

　사각형을 완성했어.

* 이육사, 「광야」에서.
** 앤 섹스턴, 「익사 따라하기」(『밤엔 더 용감하지』, 정은귀 옮김,
민음사, 2020)에서.

작은 수건

타일 바닥의 물기를 닦은 후 작은 수건을 헹구는데 작은 수건이 뭐라고 한다. 작은 수건이 뭐라 할 리 없다는 걸 알면서도 뭐라고? 물어본다. 작은 수건은 뭐라고 한 다음에 언제 그랬느냐는 듯이 헹궈지고 있다. 나랑 무슨 말을 주고받을 것도 아니면서 뭐라고는 왜 했느냐고 원망하는 한편 뭘 그런 걸 알아듣고는 원망까지 하느냐고

스스로를 책망하면서

작은 수건을 비틀어 짠다. 손목을 따라 흘러내리는 물에다 대고 뭐라 하고 싶지만 그런 걸 반복하다가는 이 좁은 공간에서 나가기 힘들어진다. 물기 뺀 작은 수건을 탁탁 털어 쇠막대에 널어놓고 밖으로 나온다. 앞으로 내 인생에 이보다 중요한 순간이 또 있게 될까. 젖은 손을 바지에 문지르다 보니 벌써 여름이다.

음복

두부를 집어먹는다. 두부에는 물이 조금 나와 있다. 물에서 건져먹는 것 같지만 구운 두부다. 엄마와 나는 들판에 앉아 청주를 마신다. 생각보다 두부가 맛있네요. 정사각형 모양으로 잘라서 구운 두부를 집어먹고. 술병에 남아 있는 청주를 따라 마신다. 엄마가 나한테 따라주고 내가 엄마한테 따라준다. 다음에도 두부면 무난하겠어요. 두부를 다 건져먹고 남은 물은 들판 끝으로 걸어가서 버린다. 엄마도 이쪽으로 걸어오려 한다. 엄마가 한 손으로 들판을 짚으며 일어나는데도 들판은 따라 일어서려 한다. 들판이 기우뚱했지만 들판 같은 건 언제든지 일어나려 하다가도 거기 자리를 잡고 앉아 있어버릇한다는 걸 엄마도 나도 의심하지 않았다. 많이 늙었겠지요? 벌써 삼십 년이 지났으니. 회고적 심정이었는데. 왜 다들 그러잖니. 이쪽에서 몇 년이 저쪽에서는 하루에 불과하다고. 이상한 말이라 생각했지만 나도 소설책에서 읽은 적 있기 때문에 그런가보다 한다. 잘 있어요. 다음에 또 올게요. 중얼거리는 나를 엄마는 바라보고만 있다.

두 사람이

입구에서 서로를 알아보고는

이렇게 만났으니 담배 한 대 피울까요? 저만큼 떨어져 있는 흡연 구역을 가리키며 걸어간 다음에

담배를 한 대 피우고

오랜만이죠? 이상하게 반갑네요. 그동안 어떻게 지냈어요? 키우는 고양이 이야기도 나누다가

담배를 한 대 더 피우고

오늘은 바람이 좀 부네요. 그러게요. 비가 오려나봐요. 손을 내밀어보면 후드득 떨어지는 빗방울

아 이런 전개는

문제가 있다. 그렇다고 내리는 비를 어떻게 할 수도 없고. 손이나 안 내밀었다면 또 모를까. 여기서 벗어날 수 있는 방법을 찾다가

나 말고도 한 사람이 더 있다는 게 생각났고

저는 이제 그만하려고요.

맞아요. 이런 날은 아무래도 좀 그렇죠. 어디 가서 술이
나 한잔해요.

그 여자 얼굴

　동네 사람들이 거기는 가지 말라고 해서 피해 다녔는데 한 번 놀러올래? 언젠가 한 말을 놓치지 않고 있다가 어느 날 오후에 가봤다. 화단에 떨어진 게 뭔지 확인하려면 창문에 허리를 걸쳐야 하듯이 거기에 가서도 나는 그 자세를 기억해냈다. 교량이랄까. 다리랄까. 피가 거꾸로 솟는 거

　동네 사람들이 당신 있다는 거 다 알아

　도망칠 때는 모른 척하더니

　수건 가져올까

　그 사람 안 온 지 일주일이 넘었어

　시원해

　아니 그 사람 말고

　얼굴 위로 뭐가 자꾸 기어다녀. 아무래도 발이 달렸나봐. 나는 나를 생각할 때는 얼굴을 생각하고 기어다니는 무엇을 생각할 때는 발을 생각하네.

　물위에 둥둥 뜨는 이파리

얼굴 그만 긁어

내일 온다

안 온다

내일 온다

안 온다

잎이 다 떨어진 줄기를 바닥에 버리고 일어날 때

머리카락이 이만큼이나 길어졌어. 동네 사람들이 당신 머리카락 긴 걸 갖고 문제삼는 것 같아. 얼굴이 안 보인다나 어쩐다나. 내버려둬. 모르는 건 덮어놓고 떠들어야 직성이 풀리는 사람들 있잖아. 자기 얼굴이 어떤지도 모르면서.

책상 위에 거울 가져다놓는 사람들 많아

그렇게 따지면 수면은 온통 거울이야

그런가

모임이 있어서 버스 타고 판교 지날 때 정류장에 좀 오래 멈춰 있었거든. 사람들이 많이 타서 그래. 아무튼 버스 정류장에 서 있는 사람들 무심코 보고 있는데 어디서 많이 본 사람이 서 있는 거야. 나도 모르게 배장화 소설가 얼굴이네, 중얼거렸잖아. 아니 그 작가를 본 적은 없어. 소설을 읽었지. 나 소설 좋아하거든.

소설 좋아하고 있네

그렇다니까. 소설 좋아한다니까. 안 그랬으면 내가 이러고 있을까. 그러나저러나 다시 올 테니까 얼굴 간수 잘해.

내일은 와서 당신 머리 빗겨줄게.

온다

안 온다

온다

안 온다

창밖을 내다봤을 뿐인데 나는 어느새 사람들을 태우고 출 ‑
발하는 버스를 향해 손을 흔들고 있네. 흘러내리는 가방을
끌어올리며

부끄러움

수족관 앞에서 만나기로 했어요 수족관 앞에서 기다려보
고 싶어 그 사람이 그렇게 말했거든요 수족관 앞에서 만나
면 콜라를 한 캔씩 사서 마시고 마주보며 웃다가 수족관은
이런 곳이구나 백 센티미터가 넘는 은갈치가 전시되어 있으
면 백 번도 넘게 수족관에 다녀본 사람처럼 수족관을 돌아
다녔겠지만요 그 사람이 그러니까 수족관 앞에서 기다려보
고 싶다던 사람 말이에요 내가 일요일에 수족관 앞에 나타
나면 더이상 기다릴 수 없게 되잖아요 그래서 일요일만 되
면 수족관 앞에서 만나기로 하고 수족관 앞에서 기다리는
그 사람을 생각하는 사람이 되어갔답니다 백 번도 넘게 일
요일에 말이에요

화양동

입술 위쪽으로 솟아오른. 손가락으로 누르면 만져지는. 혀를 이와 살가죽 사이로 밀어넣어 봉긋하게 만들면 보이는. 하루에도 몇 번씩 만져보고 느껴보고 살피느라 내가 뭘 하고 있었는지도 모르게 만드는. 더는 안 되겠어. 벌떡 일어나 거울 앞에서 면봉 두 개로 짜내면 영원할 것처럼 길고 가늘게 새어나오는 길이 있다. 너도 올래? 모여서 떠드는 애들 옆을 지나다가 다리에 걸려 넘어지는 바람에 가게 된. 짧은 반바지 입고 물속에도 들어가고 서로의 얼굴에 물을 뿌리면 너 가만 안 둔다 맘놓고 협박도 해보며 여름 야채 썰어넣은 찌개를 후후 불어가며 먹는다는. 냄비와 튜브 들고 걷는다. 높이 뜬 해가 점점 더 높아지면서 늘어질 대로 늘어진 아스팔트길. 저만큼 앞에 그때는 알았지만 지금은 기억 안 나는 애가 있다. 그애도 걸려 넘어진 걸까. 열심히 걷고 있지만 언제 도착할지 몰라서 영원히 끝나지 않을 것 같은.

3부

모든 이가 이야기 밖으로 빠져나간 후에

모두 도망이라도 간 듯 조용하다

가만히 있다가

셔츠 속으로 손을 넣어 만졌는데 단단하다. 모르고 지내다가 만져보고 알게 되는 단단함.

내가 만져본 어깨는

창문으로 들어와 커튼을 흔드는 바람과 상관없이 단단해. 문을 닫으면 못 들어오는 바람과도 상관없이 단단해.

깊숙이 들어와 있던 빛이

슬슬 물러나는 시간이 되면 감자와 양파와 물을 섞어 감자전을 부쳐 먹을 건데

이상하잖아

단단하다고 말해주는 사람이 아무도 없었다는 게. 우리 이제 감자전을 먹자고 하면 나는 감자전을 먹어. 너도 감자전을 먹어.

그리고

나한테는 셔츠 속으로 손을 넣으면 만져지는 단단한 어깨
가 있어. 혹시 알고 있었어?

　모르고 있었던 건 아닌데

　감자전은 부드럽고 물컵 표면이 젖은 걸로 봐서 시간이
많이 흘렀다.

마음속 깊은 곳에서

― 몇 발자국 걸어나가면

꽃나무가 드문드문 있어서 꽃이 피었다는 사실을 모르지 않던 어느 날 아침, 연분홍 프릴 칼라 원피스 차림으로 출근한 동료와 이야기를 나눴다.

프릴과 원피스와 레이스에 대해

그리고 오늘 아침 누가 봐도 그날의 대화와 무관하지 않은 아 그 레이스, 라고 할 만한 원피스를 입고 거울 앞에서 히죽 웃었는데

미리 한 연습이다. 동료 앞에서는 해사하게만 웃고 싶은데 나도 모르는 웃음이 번져나오면 프릴과 레이스와 원피스 그리고 꽃나무와 관련해 어떤 국면이 펼쳐질지 모르고

산적한 업무를 처리하기도 바쁜 나날 가운데서, 어지럽게 흩날리는 꽃잎을 따라가다 중간에 멈추는 일만은 피해야 했다.

정오

　어느 날 나는 나갔다가 들어오지 않았다. 기다리는 나를 생각하면 내가 어디 있는지 찾아봐야 했지만

　너는 정말 너밖에 모르는구나.

　그런 말을 또 듣고 싶지는 않다. 가방을 이쪽으로 옮기고 앉아서 물체가 빛을 가려서

　물체의 뒷면에 드리워지는 검은 그늘 같은 것

　웃어보았지만 그런 건 안 보였다. 여수에 갔을 때는 관측소 옆에 건물이 하나 더 있어서 들어갔다가

　뭐야 아무것도 없잖아 그러면서 그냥 나왔다. 나온 뒤에 어디로 갔는지는 나도 모른다.

　나는 내 이마를 볼 수도 없는데

　이마가 뜨겁다. 이미 짚고 넘어간 것이다. 넘어갔다면 넘어간 것. 이제 정말 나밖에 안 남았다.

의자 위에 올라서서

나는 일하고 있었다. 아래에서 올려다보던 시선을 끌어올려 수평으로 만든 후에 내려놓을 것은 내려놓고 씻어야 할 것은 씻으면서 일하고 있었다. 아래로 내려갔다가 위로 올라갔다가 시간 가는 줄 모르고 일하고 있었다. 누가 본다면 뭘 그렇게 열심히 하세요, 물어볼지도 모른다 생각하면서 일하고 있는데

손에 들고 있는 용기의 내용물이 움직였다. 깜짝 놀라 소리를 지르며 두 손을 번쩍 들어올리는, 어디서 많이 본 장면 같다고 말해보려 했지만 잘 되지 않았다. 평화롭게 일하겠다는 처음의 계획은 바닥에 떨어져 깨지고 흩어졌다. 근처에 아무도 없기를 바라는 마음과 얼른 뛰어와 바닥을 치울 누군가가 있기를 바라는 마음으로 나의 노동은 고통스러웠다.

출렁였나. 수많은 발이었을까. 지금은 헤아려보고 있지만 그때는 의자에서 내려오지도 못하고 그대로 있지도 못하는 상태에서 일하고 있었다.

세 사람

그녀는 모호를 알았고 모호는 즐거운 나의 집이라는 노래
를 만들어 불렀던 그 모호다.

그녀는 모호가 모자챙 들어올리는 방법을 무척이나 좋아
했으며 한번은 어떻게 들어올리는지 설명하려고 했는데 그
렇게 할 수 없었다. 그녀가 한번 더 해보라고 했을 때 모호
는 어떻게 그렇게 하는지 몰랐고

그냥 구운 은행을 집어먹는 수밖에. 모호가

시를 도대체 어떻게 완성하는 겁니까 물어봐서 글쎄요 문
장이 다음 문장을 데려오는 것 같아요 말했다가 우와 문장
이 문장을 데려온대 그렇지 멜로디가 다음 멜로디를 데려오
는 거지 우리는 와르르 웃었다. 이후로

다른 건 기억이 안 나지만 모호와 내가 밖에 나갔다가 들
어왔을 때 모호가 의자에 앉으면서 무의식중에 모자챙을 들
어올렸고

그것이야말로 그녀가 정말 좋아하는 것이라서 그녀는 그
것을 놓치지 않았다.

레몬

레몬 한 망 사갖고 와서 베이킹소다 푼 물에 씻은 후 말리는 동안 유리병을 삶는 사람이라면 여름에 레모네이드나 하이볼을 마시려는 사람일 테고

레몬 한 망 사갖고 와서 침대에 쏟아놓고 양손에 하나씩 쥐어본다거나 레몬 옆에 레몬처럼 누워본다거나 레몬이 레몬 향에 휩싸이듯 몸을 둥글게 말다가 생각난 듯 레몬 하나를 들고 나와 창틀에 올려놓는 사람이라면

당분간 레몬으로 살아가는 사람일 테고

너무 덥다며 창문을 다 열어놓고 레몬이라는 제목의 시를 쓰는 사람이라면 레몬에게서 레몬을 떼어내려고 이것저것 시도하다가 잘 안 돼서 그냥 레몬한테 레몬을 줘버리는 것이다.

비 오는 날 물 끓이기

이렇게 가다가

아무데나 멈추고서 그대로 눌러살면 어떨까
　지칠 때까지 나비를 쫓거나 개울을 따라가다가 어둠이 내
리면 가난한 나무꾼의 오두막에 찾아가 하룻밤 재워달라고
해야지.

　엘리너*도 처음엔 이 정도에서 시작했다. 엘리너만큼은
아니지만

　말이 없던
　입관식 때 봤더니 온몸에 멍이 시퍼렇더라는 소문 한가
운데 아내를 파묻고 젊은 여자를 새로 들인 남자, 그를 아
버지로 둔
　읍내에서 뚝 떨어진 집에 산다는

　여자애만큼은 아니지만

　기억 속으로 난 길을 한참 더 들어가면 나무와 해와 새
를 수놓아 만들어낸 숲을 배경으로 옹기종기 모여 있는 집
들 가운데

　다른 사람들한테는 안 보이는

이 마을에 오래 산 노인이 있어 문득 하늘을 올려다보며
주머니를 뒤지듯 기억을 헤집다보면 부랴부랴 트럭에 이삿
짐 싣고 마을을 떠난 여성을 떠올려볼 수는 있겠지.

　수돗가에 앉아 빨래하다가 날아온 미친놈의 돌멩이에 입
술 한쪽이 터져서 꿰맨 자국이 있다거나, 저녁마다 집안 곳
곳에 만연한 폭력을 피해 동네 으슥한 공간으로 스며들어
별을 헤아렸다거나

　동네가 기억하는 것도 있겠지. 집의 기억 속에는

　며칠째 계속해서 쏟아지는 비를 바라보는 여자애도 있다.
부엌 문간에 서서. 한 손에는 거대한 집게를 들고

　활활 타오르는 아궁이

　김이 푹푹 나는 가마솥

　여자애 기억 속을 옮겨다니며 살고 있는 나도 가마솥에서
끓고 있는 게 뭔지 모른다. 다만 들은 게 있다면

　이렇게 며칠째 비가 쏟아지는데 이 집에는 왜 나밖에 없

는가. 다들 어디 갔는가.

　바닥에 대고 속삭이듯
　허공을 향해 호령하듯

　세숫비누처럼 쥐에게 갉아 먹힌 여자애 기억 속에다 대고
무슨 말을 할까. 머루알 같은 까만 슬픔을 세던 자매들이 있
었다는 것? 결정적으로 엄마가 아직 집을 나가지 않은데다
가 아버지가 아직 죽기 전이라는 것?

　이후로 많은 일이 일어났지만

　여자애는 왜 이렇게까지 혼자인지 모르겠다며 아궁이에
장작을 집어넣고 나는 나중에 겪게 될 원망과 죄책감을 미
리 겪느라 머리가 새하얘지고.

* 셜리 잭슨의 『힐 하우스의 유령』에 등장하는 인물.

소설 읽고 나서 하는 청소

카펫을 털었습니다 혼자서는 무거워 같이 털었습니다 너는 그쪽을 잡고 나는 이쪽을 잡고 그래도 다 안 털린 것 같아서 빗질했습니다 한 움큼씩 머리카락이 빠져나옵니다 무슨 헤어 같습니다 생각하면 머릿속을 돌아다니는 건 뭐든 생명체 같고

카펫을 털고 나니

누군가 방문해도 이상할 게 없는 주말 아침입니다 초인종이 울리고

기다렸습니다 어서 오세요 아이고 뭘 이런 걸 다음엔 그냥 오셨으면 좋겠습니다 아직은 날이 많이 춥죠

뭐하는 거야?

옆에서 물어보는 순간 없던 일이 됩니다 기다렸는데 없던 일이 되면 뭘 해야 좋을지 모르겠습니다 바닥을 닦을까 네가 말합니다 바닥을 안 닦은 지 너무 오래됐으니 그것도 괜찮은 방법입니다 너는 그쪽에서부터 닦아 나오고 나는 이쪽에서부터 닦아 갑니다 이러다 만날 수도 있습니다 화초가 옆으로 나란히 있으면 안 만나는 것처럼 보이지만 앞뒤로 놓이면 만나는 것처럼 보입니다

눈에 보이는 대로 비유를 갖다 쓰니까

쉬워 보입니다 너는 그쪽에서부터 닦아 나오고 나는 이쪽
에서부터 닦아 갑니다 다 되어갑니다 혼자 했으면 했다 하
기도 뭐했을 겁니다

애니시다의 죽음

　나갔다 들어와보니 네가 죽어 있다. 나가기 직전에 네가 어떤 상태였는지 기억 안 난다. 언제나 거기 있고. 언제나 살아 있고. 심지어 무성하게 살아 있어서 나는 살아 있음에 대한 걱정을 놓아버렸다. 심지어 아름다웠다. 아름다워. 그 말을 입에 올린 게 문제였을까. 뻔뻔하게 그런 말을 아무렇지도 않게 입에 올려서. 아름다움이 오염되었나. 영원할 것처럼. 이렇게 가벼운 무엇이. 무엇이 무엇을 지나 무엇이 되는. 숨을 훅 들이쉬고. 내쉬고. 아름다움이 아름다움을 지나 아름다움을 넘어가고. 나는 나갔다가 들어오고. 애니시다가 죽었다.

어둠을 밝히는 불빛

저녁으로 뭘 해먹으면 좋을지 의견을 나누다가 저녁은 일
몰 구경한 후에 먹기로 하고

슬리퍼를 끌고

바다로 나가기로 한 우리는 조금 전에 이곳에 다 모였다.
여름이라서 다들 맨발이라는 것만 빼면 하나로 묶일 만한
공통점이 없었는데도

슬리퍼를 끌고

바다를 향해 걷기 시작했을 때는 제법 그럴듯했다. 모두
가 바다로 가서 일몰 구경을 했는지는 끝까지 안 가봐서

확실하지 않지만

돌아와 저녁을 먹을 무렵에는 마당의 어둠을 밝히는 불빛
만큼이나 분명하게 짚이는 게 있었다.

늙은 오이 속 파내기

늙은 오이는 대개 부엌 서늘한 구석에 놓여 있습니다. 저렇게

고집스러운 채소는 정말이지……

혼잣말을 했을 뿐인데

설탕통을 꺼내려 찬장 문을 열던 엄마가 멈칫하는 게 보입니다.

주위를 둘러보며

엄마는 종종 그런 말이 들린다고 생각하는 모양입니다.

그럴 만도 하지요. 여기서 내가 이렇게

어이쿠 아직은 안 됩니다.

늙은 오이만 해도 그렇습니다.

껍질 벗긴 후에 몸뚱이를 기다랗게 반으로 가르면 막 뛰어오느라 뒤를 다 놓아버린 내가 문밖에 서서 숨 고르고 있으니까요.

숟가락으로 오이 속을 파내던 엄마가 이쪽을 까맣게 잊고 오이 속을 파내고 있으면

슬픔이 몰려옵니다.

슬픔을 함부로 입에 담다니!

엄마가 설탕통에 숟가락을 집어넣으려 하는데 말입니다.

하마터면 나는 슬픔에 빠져 식구들이 하나둘 문 열고 들어오는 줄도 모르고 설탕통이 어디 있는지도 모르고

엄마가 온데간데없어지는 것도 모를 뻔했습니다.

그렇더라도

긴 것? 하면 떠오를 만큼은 긴 늦여름의 늙은 오이입니다. 설탕이 오이로부터 끌어낸 물기에 설탕 스스로가 녹아듭니다.

그것을 베어 물 때 손목을 타고 흘러내리는 게 있다면

— 문밖에서 숨 고르는 그 아이를 알아본 것이겠지요?

—

설거지

수돗물 소리가 들리고 그릇이 덜그럭거리는 소리가 들리고 누가 설거지를 하고 있나요? 개수대에 그릇을 쌓아두고 오긴 했어요. 이곳의 일을 마무리하면 돌아가서 하려고요. 이곳의 일은 아직 덜 끝났고 그런데 아까부터 물 흐르는 소리가 들리고 그릇이 덜그럭거리는 소리가 들리고 누가 설거지 하나봐요. 나는 이곳의 일을 끝내야 하는데 자꾸만 설거지하는 소리가 들리면 나는 이곳의 일을 하면서도 계속 설거지해야 하는 상태가 되나봐요. 나는 이곳의 일을 충분히 끝내지 않았지만 그릇이 덜그럭거리는 소리가 들리니까 몸을 일으켜 밖으로 나가야 하나봐요. 후드득 빗방울 소리 들리면 숙제하다 말고 마당으로 뛰어가 비설거지를 하던 나도 있었지만요. 수건으로 머리카락을 말리며 누가 오기를 기다리던 나도 있었지만요. 그렇다고 해서 내가 시간을 달려가 너의 머리를 쓰다듬어줄 수는 없어요. 설거지 생각을 멈출 수 없어요. 안 할 수 없어요.

상진 녹색 진실 바지

상진이 문을 열고 식당에 들어섰을 때 바지가 예쁘다고 말한 사람은 한 명이지만 그 한 명만이 상진의 바지를 알아본 건 아니라서

가지실래요?

상진이 물어봤을 때 네, 라고 대답한 건 여러 명이었다. 녹색이었고 발에도 날개가 달렸다면 상진이었고 모두가 여름 한가운데 있었다는 사실

여름은 여름을 반복하는 방식으로 여름에서 벗어나며

훔칠까

그 말을 한 사람은 한 명이지만 그 한 명만이 빨랫줄에 걸린 바지를 알아본 건 아니라서

바지는 흔들렸다. 상진이 이야기 밖으로 나간 후에도 며칠 동안

바지는 남아 있고

발에도 날개가 달렸다면 쳐다보는 모든 이였다. 모든 이

가 이야기 밖으로 빠져나간 후에

　한번 만져볼까

　남아서 바지의 질감을 확인한 한 명이 있었고 그게 누군
지 모두가 알았지만 아무도 말하지 않았다.

4부

다 같이 일어나 추는 춤처럼

내 마음속에 언제나

커튼 달러 가기로 한 날로부터 일주일 전

백조라는 잡지 알지? 나 이번에 거기에 시 발표하기로 했어. 백 년 만에 복간하는 거래. 원고료도 많이 줘.

햇빛이 쏟아져들어오는 거실에서,

재미있을 것 같아.

백조?

커튼 말이야. 얼른 청주 가서 달아보고 싶어. 생각보다 잘될 것 같아. 그런데 무게를 견디려나 몰라. 이리 와서 좀 봐봐. 이 브래킷은 백오십 센티만 감당할 수 있대. 여기다 커튼 봉 두 개를 올릴 거거든.

와보라고 해서 너한테로 간 날로부터 일주일 후에는

엄마 집에 가서 커튼을 달았다. 물론 백조에 시 두 편을 발표하는 것도 잊지 않았다. 다만 재미있을 것 같다는 너의 말이

내 마음속에 언제나 남아서

움직일 때마다 일어나는 먼지처럼 불규칙한 형태로 나에게 영향을 미쳤다.

양육

1

저기 세탁조 안에 이상한 물체가 있어요. 머리를 처박고 있는데 곧 이쪽을 쳐다볼 것 같아요. 꼬리를 살살 흔들 것 같아요.

베란다 한쪽에서 뭔가를 찾던 엄마가

아이고 걔가 거기 있었구나. 요즘 내가 키우고 있는 애인데 축축한 해초를 주면 얼마나 잘 먹는지 모른다.

엄마 말이 끝나기 무섭게

물체는 생명력으로 빛나기 시작하고 내가 그렇게 느끼자마자 막 사랑스러워지는 것이었는데

2
꿈속에서 일어난 일입니다.

3
꿈속에서는 다들 알다시피 조악하게 색깔을 칠해놓은 플라스틱 물체가 살아서 움직이기도 하고 그런 일은 엄마의 말 한마디만으로도 가능해지고

4

현실에서 엄마는

5

질적으로 다른 사람입니다. 싫은 소리를 많이 합니다. 일
월성신이 보내오는 가짜 뉴스를 본인 의견인 양 주장합니
다. 그럴 때의 표정이란 조금은 사악해 보입니다. 지난겨울
부터 짓기 시작한 아파트 높이가 성에 안 차는지 창밖을 내
다보며 일을 하나도 안 했네. 하나도 안 했어.

대체로 야박한 편입니다.

나도 싫은 소리를 꽤 하는 축에 속합니다. 싫은 소리를 하
고 난 날에는 식은땀을 흘리며 잠꼬대를 해서 옆 사람을 놀
라게 하는데요

6

아침에 일어나보면

나는 이제 막 잠에서 깨어나 미끌거리는 생물체입니다.
엄마 나는 무섭습니다. 여기가 어딘지 모르겠습니다.

7

엄마는 그 옛날 나한테 하듯

내 등뒤에 다가앉아서

점점 길어지는 무서움을 땋아내립니다. 그 옛날

문자를 익히는 데는 한 문장이면 충분하다며 외할머니가
짚어준 장화홍련의 첫 문장으로

엄마는 이세계에 뛰어들었습니다. 엄마가 머리를 땋고 있
으면 나는 그렇게 졸릴 수가 없습니다.

다세대주택

아니 타라를 키우는 사람요 얼마나 많이 키우는지는 몰
라요 어쩌면 타라가 그냥 빨리 자라는 것일 수도 있고요
왜 잠깐 나갔다 들어왔을 뿐인데 몰라보게 달라진 부엌 같
은 거요

찬장을 뒤져 백설탕을 찾아내 어디에 뿌려 먹을까 궁리하
면서 시선은 창밖을 향하고 누가 보면 참 가만히도 서 있네
할 수 있겠지만

타라를 키우는 사람인 거죠 이쪽은 안 볼 겁니다 에이 안
본다니까요 아 벌써 겨울이네 그럴 수는 있죠 서둘러 측면
으로 돌아서는 다세대주택처럼요

두 개의 마음으로

사람이 많이 나오는 소설을 읽고 있다. 소설의 배경은 바닷가 작은 마을이다. 그곳 식당 문을 열고 한 사람이 나와 절벽으로 향한다. 죽으러 가는 건 아니고 장식용 꽃을 꺾으러 가는 것이다. 아까부터 불던 바람이 더 거세지고 있다는 문장이 이어지는 가운데

주차장에는

또 한 사람이 있다. 소설이 시작될 때부터 있었으며 이제막 차문을 열고 나와 절벽으로 향하려 한다. 내가 읽고 있는 소설은 두 사람 말고도 더 많은 사람이 나오는 소설이지만 어쩐지 외투를 꺼내 입는다는 기분으로 나도 절벽으로 향하고 있다. 그리고

소설이 끝나지 않기를 바라는 마음과

노란 꽃을 꺾어 들고 두 사람이 소설 밖으로 나오면서 소설이 끝나기를 바라는 마음이 동시에 있다. 두 개의 마음으로 인해 바닷가 작은 마을에서의 삶이 멈추지 않는다.

주전자에서 물이 끓는 동안

내다봤다.

여기서 보면 너무 작아 없는 것이나 마찬가지지만 한쪽 눈을 감으며 팔을 쭉 뻗어

손가락으로 집어서

눈앞으로 가져와봤다. 없어 보인다고 없는 건 아니고. 가져오다가 중간에 떨어뜨리지 않아 다행이고. 뿌옇게 김이 서리는 건 배경에 신경쓰느라 그런 거지만

식기세척기 수리 기사가 오기로 되어 있어서

그만하기로 했다. 뒤돌아 현관을 향해 걸어갈 때 뭔가 허전해서 아래를 쳐다보니 원피스 끈이 없다. 흘리고 왔구나.

그날 이후 우리집에는

끈이 사라진 원피스가 걸려 있게 되었다. 무슨 일이 있었는지 누구도 물어보지 않아서 아무 일도 없던 것이나 마찬가지였다.

여성 시 읽기 세미나 뒤풀이 자리에 찾아온 늙은 여자

둘이 뭐하는지 다 봤어.

나갔다 들어왔을 때 테이블에 둘러앉은 사람들이 놀려댔지. 응? 이런 거? 나는 그녀를 한번 더 껴안았다.

그녀의 머리카락이 얼마나 탐스러운지 여러분도 아셔야할 텐데!

아셔야 할 텐데…… 우리는 큰 소리로 웃으며 맥주잔을 들어올렸다. 짠…… 짠…… 웃고 떠들어서 배가 아프다. 입이 아프다. 입이 아픈데 재미있어도 될까. 다음에 또 만나도될까. 열어놓은 문으로 바람이 들어오고

담배 피우려는 사람들이 나가고

쏴아 쏴아 빗소리가 들린 것도 아닌데 비냄새를 몰고 그게왔다. 엄마는 그게 그건 줄 어떻게 알았어?

엄마는 엄마라고 부르고
나는 엄마의 엄마라고 부르다가 끝을 몰라서 끝내고 싶지않은 이야기가 되어버리는

한번 더 만지고 싶어 쳐다본 그녀의 머리카락만큼이나 구

불거리는 능선을 타고 쏴아 쏴아 비바람을 몰고 오면서

　살게도 하고
　죽게도 하고
　슬픔에 빠뜨렸다가 끄집어내기도 하며
　잠깐 여기서 기다리라고 말해서 하루종일 기다리다가 급
기야 기다림이 뭔지 알아버리는 저녁처럼

　비 오기 전에 서두르느라 푸릇한 게 뒤섞인 비료 푸대를
짊어지고 도착한

　달면서도 시고 시면서도 단
　지나온 날들과 남은 날들을 다 합친 것처럼

　늙은 여자. 보여줘! 보여줘! 한 사람이 추기 시작해 다 같
이 일어나 추는 춤처럼

야외 테이블을 마주하고 앉아 나눈 대화

거기 왜 유명한 빵집 있잖아요. 빵집을 끼고 왼쪽으로 돌면 길이 나와요. 그때부터는 올라간다는 느낌으로 계속 가요. 정면에 소방서가 보이면 잘 간 겁니다. 왼쪽으로 꺾어서 가다가 박물관이 나오면 박물관으로 들어가지 말고 계속 올라가고요. 가다보면 아 여기구나 하게 될 텐데, 너무 깊이는 안 들어갔으면 좋겠어요. 곧 어두워질 테니까요.

아직은 환하지만

곧 어두워질 길을 따라가다가

손을 뻗으면 닿을 만큼 가깝다. 앞에 앉은 사람의 팔꿈치는. 담뱃재를 털면서, 이제 저녁하러 들어가야 해요. 말하는 사람의 머리카락은. 저녁으로는 뭐가 좋을까요. 아 저녁요? 뭐가 좋을까 생각하다가 아직은 환한걸 그러면서 더 들어가려는 마음은 먼저 보내놓고

무릎을 탁탁 털며

가다가 과일가게가 나오면 단감 한 봉지를 사는 거야. 깎아서 먹으면 입안에 단물이 차겠지. 안 보고도 차는 느낌을 알고 있어서 얼마나 다행인지 몰라.

잘 들어가세요.

오늘 고마웠어요.

스웨터

어디 다른 곳에서 각자 살아가다가 무슨 일이 있어 모이게 된 이런 날에는 서로 얼굴도 보고 주변을 살피기도 하고 말을 건네게도 되잖아요. 셋이 한 테이블에 앉았을 때

둘 다 스웨터를 입었네요.

한 사람이 둘에게서 빠져나가듯 말했습니다. 그런가요. 스웨터 입은 한 사람과 한 사람이 서로를 쳐다보며 스웨터 입은 둘이 되어갔지요. 스웨터 말고 다른 이야기도 오고갔을 테지만

어느 날에는

길에서 만나게도 됩니다. 정류장까지 스웨터 입었던 둘이 되어 걷습니다. 버스를 타고 가다가 목적지에 도착하면

정말 많은 사람들이 모여 있겠지요.

종묘

어쩌다 거기까지 갔는지 모르지만 버스를 타고 한참 가야 나오는 오래된 집 앞에 서 있었다. 양손에는 모종삽과 화초를 들고서.

빛이 쏟아져내리는 마당으로 걸어가

땅을 판 후에 들고 있던 화초를 심고 돌아오면 되는 그런 장면 속에 있었을 뿐인데. 나는 어느새 주인이 되어 집안으로 들어가 모자와 장갑을 챙겨들고 현관문을 나오고 있었다.

하루가 지나고 이틀이 지나고

내가 몇 년 동안 거실에 모아두었던 화초를 다 옮겨 심고 나서야 돌아갈 때가 됐다는 사실을 알았다. 돌아와서는 깊은 한숨을 내쉴 수밖에 없었다. 화초를 심기만 하고 물을 주지 않았던 것이다. 모두 허사였다. 왜냐하면 나는 어떻게 하면 다시 그 장면 속으로 들어갈 수 있는지 모르기 때문이다. 또 한 가지 나를 어리둥절하게 했던 것은 혼자서 그 먼 곳으로 갔다가 돌아왔다는 점인데

내가 혼자서는 아무것도 못하는 사람이라는 걸 아는 사람은 다 알고 있기 때문이다.

크고 작은 애들

여기야 여기

그애가 뒤를 보며 손짓해서 시작되는 이야기. 손짓하지
않으면 자꾸만 까먹어서 처음부터 다시 시작하는 이야기.
이마에 드리워진 두툼한 잎사귀 하나씩 떼어내며

한 발 내디디면

그렇게 환할 수가 없다. 낮에 갔던 곳에서 더욱 들어갈 수
있어. 옥수수밭 지날 때는 옥수수를 따고

새 한 마리가 솟구쳐 주변 하늘을 다 돌기도 전에 벌써
언덕길 내려가 껍질 벗기고 수염 뜯어내 가마솥에 삶는다.

무슨 생각 하는 거야?
이쪽이라니까

생각에서 을을 빼니까 몸이 가벼워지고 다리 놀림이 한결
수월해지는 느낌. 그애도 아는 걸까.

저수지를 끼고 돌 때

양팔을 쓸어내리면 소름이 돋아. 눈 한번 잘못 감으면 형

클어지는 수면. 마을에서는 벌써 팔 걷어붙이고 숫돌에 갈
아낸 칼로 등 긁어내겠지.

  그림자가 점점 길어지고 있어
  애들이 자라듯이

  여기가 맞아?

  아까 오면서 보니까 남자애들이 나뭇가지를 긁어모아 불
피우고 닭 가져오기로 한 애를 기다리더라. 모닥불 주위로
어깨가 점점 오그라들고 있어서

  어둠을 끌어다가 담요처럼 덮어주었지. 오랜 세월이 지나
도 기어이 달라붙어 풍경이 되는 장면

  죽은듯 누워 있었을 뿐인데

  여름 속에 여름이 햇빛 속에 햇빛이 나뭇가지에 매달린
벌레 먹은 열매가

  툭

  툭

떨어지는 꿈. 여기가 어딘지 안 물어봤다면 끝도 없이 떨어졌겠지. 손가락에 묻힌 침을 코에 바르고 두 다리를 있는 대로 펴고

그래 여기야

어디서 출몰할지 모르는 몸뚱이 조심하면서

밟으면 물컹하니까

흐물거리는 육체로 바닥을 짚으며 일어난다. 내가 태어나던 기억. 기억 못하는 게 또 뭘까. 들어올린 발을 어디다 내려놓을지 생각하는 동안에 맥락 무시하며 따옴표를 여기저기 갖다붙이는 애도 있었지만

나무줄기 잡아당겨

훑어낸 꽃잎으로 식사한다. 두 손은 향기로워지고 다 먹고 나면 원래대로 돌아가는 거야. 벌써 마을에서는…… 저기 위에서부터…… 까마득한 옛날로부터……

하얀 이빨을 드러내며 쏟아져내려오는 물줄기

튀어나온 앞니가 시원하다.

감자 껍질 까기

옛날이야기에는 우물이 많이 나오잖아요.

퐁 퐁 퐁

레몬을 생각하면 입안에 노란 침이 고이는 것처럼 우물을 생각하면 우물에서 있었던 일들이 우물 주위로 모이는 것처럼

우물이 실제 있었고

주인도 있었지만 그 얘기까지 하려면 너무 길어지니까 바로 우물가로 가볼게요.

감자 껍질 까다가

물길으러 온 엄마한테 질질 끌려서 집까지 온 적 있어요. 말하기도 뭣하지만

남의 집 감자 껍질 까기와

우리집 감자 껍질 까기는 뭔가 다르잖아요. 감자를 숟가락으로 긁어낼 때마다 감자도 하얘지고 그애 얼굴도 하얘지고

얼굴 가득 하얗게 웃고 있는 그애 앞에서 엄마는 욕을 욕을 하고

머리채를 잡고

(그럴 줄 알았으면 머리를 안 기르는 거였는데 말입니다. 엄마는 내 머리를 묶어줄 때마다 또 얼마나 생색을 냈는지……)

그애랑 놀고 싶어서 빠져나갈 궁리만 하는 저를 미워하고 미워하고 그러다가 사는 게 뭐 이런가 싶어서 혼자

울었을 거라고 생각하지만

그건 또 엄마에 대한 저의 환상이겠지요. 일하고 일하고

밥하고 밥하고 도무지 헤어나올 길 없는 그 쳇바퀴 속으로 엄마가 들어갈 줄은

집안 어른들 눈을 피해 친구들과 놀아날 때는 몰랐겠지요.

— 이게 아직도 정신 나간 소리나 하고 있네. 엄마는 가늘게 실눈을 뜨겠지만 지금도 감자 껍질을 까고 있으면

우물가에 나동그라진 숟가락과

감자 껍질 까던 손을 어디다 둘지 몰라 등뒤로 감추던 그애. 그애 손처럼 뒤로 밀리던 여름. 여름처럼 갈변해가는 감자알

엄마?

괜찮아. 네 문장 속에서 악을 썼더니 머리가 조금 아플 뿐이야!

식물의 시선, 낯섦의 형식

선우은실(문학평론가)

늙은 오이가 오이 반찬이 되는 과정

　우리는 언제-무엇으로부터 낯섦을 느끼는가. 무언가를 처음 경험하는 것일 때? 상상해본 적 없는 어떤 것을 마주할 때? 임승유의 시들은 아주 일상적인 것으로부터 낯섦을 소환한다. 이때 일상적인 것이란 너무 '당연'해서 미처 그것이 존재한다는 사실을 제대로 인식해본 적조차 없는 것을 말한다. 음식 또는 재료의 명칭을 제목으로 삼은 시들(「만두」「감자 양식」「카레」「레몬」「늙은 오이 속 파내기」「감자 껍질 까기」 등)이 이를 보여준다. 이 시들은 어떤 음식을 만들기 위해서는 재료가 필요하다는 사실에서 시작한다. 이때 '재료' 차원의 소재는 무언가가 '되기' 위해 반드시 필요한 요소로서 역할하되 그것으로만 머물지 않으면서 '재료'인 상태로부터 낯설어진다.

　가령 「늙은 오이 속 파내기」는 이렇게 진행된다.

　　늙은 오이는 대개 부엌 서늘한 구석에 놓여 있습니다. 저렇게

　　고집스러운 채소는 정말이지……

　　혼잣말을 했을 뿐인데

설탕통을 꺼내려 찬장 문을 열던 엄마가 멈칫하는 게
보입니다.

주위를 둘러보며

엄마는 종종 그런 말이 들린다고 생각하는 모양입니다.

그럴 만도 하지요. 여기서 내가 이렇게

어이쿠 아직은 안 됩니다.

늙은 오이만 해도 그렇습니다.

껍질 벗긴 후에 몸뚱이를 기다랗게 반으로 가르면 막 뛰
어오느라 뒤를 다 놓아버린 내가 문밖에 서서 숨 고르고
있으니까요.

숟가락으로 오이 속을 파내던 엄마가 이쪽을 까맣게 잊
고 오이 속을 파내고 있으면

슬픔이 몰려옵니다.

슬픔을 함부로 입에 담다니!

엄마가 설탕통에 숟가락을 집어넣으려 하는데 말입니다.

하마터면 나는 슬픔에 빠져 식구들이 하나둘 문 열고 들어오는 줄도 모르고 설탕통이 어디 있는지도 모르고

엄마가 온데간데없어지는 것도 모를 뻔했습니다.

그렇더라도

긴 것? 하면 떠오를 만큼은 긴 늦여름의 늙은 오이입니다. 설탕이 오이로부터 끌어낸 물기에 설탕 스스로가 녹아듭니다.

그것을 베어 물 때 손목을 타고 흘러내리는 게 있다면

문밖에서 숨 고르는 그 아이를 알아본 것이겠지요?
　　　　　　　　　　　　　　—「늙은 오이 속 파내기」전문

이 시는 "늙은 오이는 대개 부엌 서늘한 구석에 놓여" 있다는 사실을 고지하는 것으로 시작해 이 "늙은 오이"로 만든 어떤 음식 그리고 그와 관련된 어떤 존재("문밖에서 숨 고르는 그 아이")를 환기하는 것으로 끝난다.

이 시는 '늙은 오이'에 대한 시인가? 그렇다. 이 시는 '늙은 오이에 대한 시'인가? 그렇지만은 않다. 정확히는 시의 제목이 지시하듯 늙은 오이의 '속을 파내는' 것에 대한 시이다. 이 시는 '늙은 오이'를 말하는 것이자, 그것을 '파내는' 사람에 대한 것이며, 그것을 파내는 행위를 통해 만들어진 '늙은 오이 요리'가 탄생하는 과정에 대한 것이기도 하며, 종내 이 일련의 행위를 통해 소환되는 존재에 대한 의식의 흐름이다.

이러한 흐름의 시가 낯설다는 것은 어떤 의미인가? '늙은 오이'를 말하는 시가 그것만을 지시하는 데 멈춘 채 끝나지 않는 전개는 '시'라는 장르의 문법—사물 A를 통해 서정을 유발하는—에서 전혀 이상한 일이 아니다. 임승유의 시에서 낯섦은 관념의 이행 과정을 서사적인 방식으로 보여주는 데서 유발된다. 재료 A('늙은 오이')가 AB('늙은 오이' 반찬)로 변모해가는 임승유의 시에는 의식적으로 가장된 인물('엄마', '엄마'를 관찰하는 '나')과 사건(늙은 오이를 손질한다, 밖에서 누군가가 뛰어들어온다, 누군가를 떠올린다)이 뛰어들고 있다. 이 시가 만약 A(재료)에서 단지 AB(음식)가 되었다면 이 이행은 지극히 자연스러우므로 그다지 뜻밖의 것으로 다가오지 않았을 테지만, 그 사이에 인물을 관찰하는 시선과 그의 관념의 흐름이 개입한다는 사실로 하여금 이 시는 서사적인 형태로 구성된다. 즉 A-(a+b+c+d+e······)-AB의 흐름이 이 시 속에 놓여 있다. 이때 '나'라는 서술자이자 인물이자 관찰자의 시선에서 움직이는 a, b, c 따위의 요소를 분별해보자면 이렇다.

늙은 오이-나는 늙은 오이를 본다-고집스러운 채소라고 생각한다-엄마가 보인다-엄마가 멈칫한다-말하지 않았지만 들리는 말이 있다-다시 늙은 오이-뛰어들어온 나-내가 있다는 사실을 잠시 잊고 오이 속 파내기에 몰두한 엄마-슬픔-슬픔에 대한 인식-설탕통에 숟가락을 넣는 엄마-나의 슬픔에 몰두하느라 눈앞의 엄마를 잠시 놓칠 뻔함-설탕에 절여지는 늙은 오이-그 아이

늙은 오이가 설탕에 절인 오이 반찬이 되는 동안 '나'는 엄마를 보고 엄마의 행위를 보며 슬픔에 젖고 그렇게 함으로써 눈앞에 명백히 보이는 엄마를 놓치려는 찰나를 자꾸만 포착한다. '나'와 '엄마'라는 인물의 움직임과 시선에 따라 늙은 오이에 부여된 상념이 움직이고 변화한다. 재미있게도 이러한 일련의 서사적 흐름과 과정을 하나씩 뜯어봄으로써 우리는 깨닫는다. 이러한 '흐름'이 결국 우리가 '늙은 오이 속 파내기'라는 행위 속에서 건져올리는 슬픔에 대한 하나의 잔상이자 이미지로 떠오른다는 사실을 말이다. 이것이 바로 흐름을 통해 이미지를 말하고, 장면을 통해 서정을 유도하는 임승유식 낯섦이다.

사실은, 사람들의 이야기

임승유의 시를 이렇게 달리 말해볼 수도 있다. AB가 되기 위해 당연히 필요한 A, 그러나 그 A란 그 자체로 온전한 A가 아니라 A를 둘러싼 사람들의 기억, 무의식적인 행동, 그것에 대한 시선들이 얽혀 있는 A+α라는 것을 말이다. 이를테면 제목만으로 내용을 추측하기 어려운 몇몇 시의 경우*

---

* 대체로 시에서 제재가 되는 사물 그 자체가 아니라 그것을 보여주는 방법론적인 문장(즉 서사적인 형식이 차용되었음을 드러내는 문장)이 제목으로 사용된 경우가 그렇다. 「소매가 긴 푸른 셔츠에 검정 바지」를 포함하여 「그녀는 거의 자기 집에 있는 것 같았다」 「나오는 사람들」 「여성 시 읽기 세미나 뒤풀이에 찾아온 늙은 여자」 「야외 테이블을 마주하고 앉아 나눈 대화」 등을 예로 들 수 있다. 이 시의 제목들은 으레 시에 기대하는 이미지나 서정성을 강조하기보다는 시 속의 한 장면을 서사화하는 '과정'을 드러내는 것처럼 보인다. 예로 든 제목들은 시에 등장하는 사람을 한 명의 인물로서 호명하거나, 그가 놓인 장면을 특수한 상황 및 사건으로 만든다. 그러나 막상 제목 아래에 펼쳐지는 시적 장면에 접어들면 이들은 전연 '인물'로서 움직이지 않는다. 단지 그들은 하나의 시선에 따른 장면으로 제시되며 지극히 '시적인' 방식으로, 서정시의 문법으로 전개된다. 만약 시의 제목과 상관없이 임승유의 시를 읽는다면 '나'의 시선에 따라 포착되는 사람들, 풍경들이 '나'의 내면을 드러내는 역할을 하고 있음을 무리 없이 확인할 수 있다. 그러나 제목을 읽음으로써 이 풍경이 '낯선' 시적 풍경으로 여겨진다면 그것은 제목으로 하여금 이 익숙한 시적 풍경이 서사적인 방식으로 소개되고 있음을 인지하였기 때문일 것이다.

내용을 가만히 살펴나가다보면 이것이 사물 A를 둘러싼 사람들에 대한 이야기임을 알 수 있다. A를 전면화하지만 실은 a, b, c, d, e를 말하는 것. 이러한 시의 잘 알려진 비밀은 사실 이 시집의 초반에 선전포고된 바 있다.

뒷문을 열고 나간 것까지는 기억해. 문득 정신 차려보니 소철나무 앞에 앉아 있더라고. 내가 아는 소철이었어. 키운 지는 몇 년 됐고. 시간이 좀더 지난 후에는 소철이 아니라 푸른 이끼로 뒤덮인 돌멩이라는 걸 알게 됐지. 생명력으로 가득한데다가 부드럽고 축축해서 손바닥으로 쓸어도 보고 고개 숙여 냄새를 맡기도 했어. 동작을 반복하는 동안 나는 점점 견딜 수가 없었어. 뭘 더 해야 이 푸른 것 옆에 있게 될까. 한번 그런 생각을 하고 나니까 이 외에는 아무것도 중요한 게 없고 이런 나를 어떻게 하면 좋겠느냐고 거의 울먹이는 심정이 됐을 때 멀리서부터 해가 비치기 시작하는 거야. 새들이 나무와 나무 사이로 옮겨다니느라 온통 시끄러웠어. 여기서 뭐하세요? 아이 손을 잡고 서서 누군가 나를 내려다보고 있었어. 소매가 긴 푸른 셔츠에 검정 바지를 입었더라고. 지금 막 일어나려던 참이었어요. 주변의 다른 생물이 그러하듯 저기 해가 비치는 지평선을 향해 천천히 움직였지. 두 사람이 뒤에 있다고 생각하니 얼마든지 나아갈 수 있겠더라고. 지금 생각해도 신통한 건 갑자기 나타난 두 사람이야. 두 사람이

아니었다면 이끼 앞에 쪼그려앉아 있던 내가 어떻게 됐을
지 누가 알겠어.
　　　　　　　　—「소매가 긴 푸른 셔츠에 검정 바지」전문

　'나'는 어디론가 뛰쳐나가 소철나무 앞에서 자신이 무언
가를(무엇이라도) "점점 견딜 수가 없"어졌음에 망연자실
해 있다. 그런 와중에도 소철나무가 "내가 아는 소철"이라
는 사실은 틈틈이 끼어들고, "울먹이는 심정"이 전면화되려
는 중에 "소매가 긴 푸른 셔츠에 검정 바지를" 입은 누군가
(아이의 복장이거나 아이의 손을 잡은 이의 복장이거나)가
끼어들어 우울을 중지시킨다.
　이 시는 무엇을 말하는가? 시는 일차적으로 '나'의 걷잡을
수 없는 무기력한 상태를 통해 무력감과 우울이라는 주된 서
정을 드러낸다. 보통 시에서 '나'라는 존재가 세계에 대해 판
단을 내림에 따라 표면화되는 입장 또는 인식이 중요한 것은
사실이다. 그런데 임승유의 시에서 '나'가 느끼는 어떤 종류
의 압도감과 그에 따른 절망감은 화자의 판단에 따라 분명히
시의 일부로 현현되나 시의 전부를 차지하지는 않는다. 즉
임승유의 시에서 중요한 것은 '나'가 보는 것뿐 아니라 '나'
를 둘러싼 것도 포함된다. '나'가 어떤 위기에 봉착해 있는
순간 '나'의 눈에 불현듯 들어오는 소철나무가 있는 풍경이
나 내게 말을 걸어오는 사람이 있다는 인지는, '나'의 세계
를 이루는 것이 '나'의 서정만이 아니라는 사실을 알려준다.

시는 '나'의 우울을 전면화했을지라도, 그것에 잠식됐다가 빠져나오는 이 일련의 과정에서 오롯이 '나'로 침잠·수렴하고 있지 않다는 사실이 중요하다. 이 전체의 양상이 '나'의 시계(視界)이기 때문이다. 그러니 이 시에 대해서도 조금 다르게 말해볼 수 있을 것이다. 이 시는 '나'의 우울을 바라보는 소철나무와 "여기서 뭐하세요?"라고 묻는 어떤 사람들이 있는 풍경에 관한 것이라고.

음식을 하기 위해서는 어떤 재료가 당연히 필요하듯, '나'에 대해 말하기 위해 '나'의 시선뿐만 아니라 '나'를 둘러싼 시선 또한 존재한다는 것 역시 당연하다. 임승유가 전면화하는 일상의 낯선 감각이 이런 차원의 '당연한 것'을 앞세우고 있다고 상정할 때, 우리는 임승유의 시가 한 감정에 대해 말하기 위해 수많은 일상적-서사적 장치를 설정한 까닭을 헤아릴 수 있다. 우리는 우리의 일상이 관찰된다는 바로 그 사실을 인지하기 시작할 때, 그 '시선'에 의해 한 장면의 인물이 되어 있음을 낯설게 느낄 수 있고, 그러한 감정과 상념들이 한데 뒤엉킴으로써 기묘한 풍경-장면으로 이미지화될 수 있음을 알게 된다. 따라서 이 일상적 장면이 서사적 차원(관찰자의 시선으로)으로 말해져야만 한다는 것을 이해할 수 있고, 그런 연장선상에서 '인물'이 도드라지는 일상의 한 장면이 다름 아닌 '시'(관찰자의 마음)가 된 까닭을 헤아릴 수 있다.

'되게 하는' 시

벤야민과 루카치를 경유해 '소설'이라는 양식에 대해 잘 알려진 견해에 따르면, 소설은 시간성을 통제하는 장르다. 소설은 플롯을 통해 장대한 시간을 물리적으로 제약된 형태 안에 담아냄으로써 시간과 투쟁한다. 이 행위의 궁극적 도달점은 바로 오랜 시간성과 영원성을 환기하는 '죽음'이다. 소설은 시간과의 투쟁을 통해 죽음을 다룸으로써 역설적으로 '삶'을 성찰한다.* 이러한 소설에 대한 오래된 견해를 참조하여 서사적 장치를 활용하는 임승유의 시를 읽을 때 우리가 마주하는 질문은 이렇다. 시가 때로 소설적인 방식으로 제시될 필요가 있다면 그 까닭은 무엇인가? 소설이 시간과 투쟁하여 영원성에 대한 우리의 잃어버린 믿음을 복권시키려는 것과 마찬가지로, 임승유의 시 또한 그것을 시도하려는 것일까? 만약 그렇다면 이때 발생하는 '시적 의미'는 무엇인가? 시간성과의 대결을 소설이 아닌, 소설의 형식을 빌린 시로 발화할 때 우리는 어떤 시적 체험을 하는가? 즉 이러한 '시'를 통해 어떤 삶의 의미를 찾도록 유도되는가? 「감자 양식」은 이 질문에 대한 집요한 답안처럼 보인다.

이런 식으로는 안 되겠어. 되게 하려면 뭘 먹어야 하는

---

* 피터 브룩스, 『스토리의 유혹』, 백준걸 옮김, 앨피, 2023, 3장 참조.

데. 도통 뭘 먹는 법이 없는 여자가 등장하는 소설은 언제 끝날지 모르고 그녀는 자꾸만 음식 생각을 한다. 문장과 문장 사이에 음식 생각이 끼어들면 이야기가 진행되지 않는다. 생각을 몰아내고 문장에 몰입하기 위해 얼른 음식을 만들어 먹고 시작하자. 가장 손쉬운 건 감자. 수돗물에 감자를 씻어서 냄비에 넣고 기다렸다가 익으면 젓가락으로 푹 찔러서 먹는 거야. 문제는 바구니의 감자가 오래됐다는 것. 오래돼서 싹이 나서 벌써 이파리까지 상상해버렸네. 그렇다면 껍질 벗긴 후에 채 썰어서 감자채전을 해 먹는 것도 방법. 스며드는 기름 감각. 하지만 그녀는 벌써 여러 번 감자채 썰다가 손톱까지 썰었기 때문에 그녀에게 썰게 할 수는 없다. 감자 써는 사람을 바꿀까. 아직 감자를 썰다가 손톱을 썬 적 없는 사람으로. 그로 하여금 껍질 벗긴 감자를 채칼에 대고 문지르게 하다가 위험해진다 싶으면 쥐고 있던 부분을 쓰레기통에 던지고 그다음 감자, 그다음 감자, 그렇게 하다가 감자채가 쌓이면 쌓인 감자채에 물을 부어 전분이 빠지도록 해놓은 다음에

물 묻은 손을 티셔츠 자락에 문지르며 책상 앞에 그가 앉는다. 앉아서 문장을 적어나간다. 아까 뒤로 빠져 있던 그녀가 이왕 이렇게 된 거 이 모든 과정을 문장으로 적어야겠다고 생각했기 때문이다. 더 뒤로 빠져 있던 나는 그녀로 하여금 읽던 소설을 마저 읽게 하고 싶지만

그녀는 허기진 상태라서 이 문장이 끝나기 전에 전분이
빠진 감자채에 소금과 튀김가루 약간을 섞어 기름에 부치
기 위해 일어나 부엌으로 가야 한다.

　　　　　　　　　　　　　　　　—「감자 양식」 전문

「감자 양식」은 "소설"에 대해 말하는 시다. 지금 이 문장
에 재차 질문을 걸어보자. 이것은 정말 "소설"에 대해 말하
는 시인가? '나'는 "도통 뭘 먹는 법이 없는 여자가 등장하
는 소설"에 대해 말하면서 "그녀"에게 무언가를 먹이기 위
해서 골몰한다. "그녀"가 뭔가를 먹지 않은 채로는 뭐든 되
지 않는다. 그런데 무엇이 왜 안 된다는 것일까? "그녀"가
소설 속 인물일 뿐이라면 "이런 식으로는 안 되겠어"는 오
직 시 속에서 "그녀"에 대한 소설을 쓰는 존재에게만 해당
하는 문장이 되겠지만, 이때 '안 되겠는' 상황은 소설이 쓰
이지 않는다는 정황을 넘어선다. 그녀에게 뭔가를 먹도록
만들어야 하는 것이 "그녀" 바깥의 다른 인물에게도 문제
가 되기 때문이다.

　이 시에서 "그녀"의 일상이 유지되는 것이 중요하다. 왜
그러한가? 그녀를 움직이는 것은 누구에게 중요한가? 시의
첫 연에서 "그녀"는 소설 속 인물이다. 두번째 연에 이르면
"그녀"를 움직이는 이가 "그"임이 드러난다. "이런 식으로
는 안 되겠어. 되게 하려면 뭘 먹어야 하는데"라는 문장은

추측건대 소설을 쓰는 "그"와 소설 속 "그녀" 둘에게 모두 해당한다. "문장과 문장 사이에 음식 생각이 끼어"들기 때문에 그녀에 대한 문장을 지속할 수 없는 "그"가 이 문제를 해결하기 위해 스스로에게 건네는 말이기도 하고, 그런 탓에 자신의 소설 속 인물인 그녀의 시간이 앞으로 나아가지 못한 채 계속 영향을 받으므로 그녀에게 뭔가를 먹이는 방식으로 이를 해결하고자 쓴 문장으로도 읽힌다. 즉 '그녀가 무엇을 먹어야만 한다'는 것은 그녀의 삶을 지속시키고, 그럼으로써 그것을 쓰는 "그"의 시간을 앞으로 나아가게 하기 위해 필요한 일이다. 그는 그녀가 밥을 먹게 하기 위해 세심하게 그녀의 삶을 살핀다. 그녀에게는 오래된 감자가 있고 그것을 처리하는 것이 여간 까다롭지가 않다. 그녀는 "여러 번 감자채 썰다가 손톱까지 썰었기 때문에" 그는 그녀를 위험에 빠뜨리지 않으려 칼질하지 않는 장면을 쓰고자 한다.

그런데 두번째 연의 마지막 문장에 이르면 "그녀"의 위치가 전도된다. 이로써 누군가로부터 보호받을 필요가 있는 존재인 그녀, 누군가로부터 삶을 밀고 나가도록 독려받는 그녀가 곧 이것을 읽는 사람인 '나'라는 새로운 가능성으로 떠오른다("더 뒤로 빠져 있던 나는 그녀로 하여금 읽던 소설을 마저 읽게 하고 싶지만"). 나아가 실제로 감자를 채 썰러 가는 이가 삼인칭으로 서술된 미지막 연에 이르면 '나'가 자신을 "그녀"로 호명함으로써 '나'에 대해 쓰되 거리감을 만들어내고 있으리란 결론에 도달한다.

시의 장르적 특성상 '나'라는 존재는 세계에 대한 시야를 매개하고 그 감수성을 통해 세계를 조망한다는 점에서 절대적 권위를 부여받는다. 그런 '나'를 거듭 타인화하고 멀리 떨어뜨리는 이 시는 자신이 부여받은 권위를 통해 바로 그 권위를 해체한다. 그런데 그 행위는 단순히 전능함을 드러내보이기 위한 게 아니라 '나'를 둘러싼 여러 '나'에 대한 시선들, 그 안에는 돌봄과 다정과 뭔가를 '되게 하려는'의도들이 있다는 점을 드러내는 장치가 된다. 곧 '나'이기도 한 "그녀" 또는 "그"에게 뭔가를 먹이고 쓰게 하고 시간을 가게끔 함으로써 이다음에 도달하게 하는 것. 임승유의 시가 소설적 낯섦을 차용해 시로써 말하고자 하는 것은 이러한 거리 두기로 하여금 필요한 일상의 지속과 돌봄의 시선이 아닐까. '나'를 돌보는 나, '나'를 둘러싼 '나'의 시계(視界), 변하지 않는 것만 같은 시간 속에서도 우리는 꾸준히 이 지난한 일상을, 삶을 지속하고 있다는 사실을 아는 것.

아주 느리게, 식물의 시간으로

임승유는 한 대담에서 지난 시집 『나는 겨울로 왔고 너는 여름에 있었다』(문학과지성사, 2020)에 등장하는 익명의 '나'에 대해 다음과 같이 응답한 바 있다.

제 시에 익명화된 '너'가 자주 등장하는 것도 같은 맥락에서 볼 수 있을 것 같고요. '너'는 어떻게 보면 '나'보다 더 냉정한 시각을 가진 존재일 수 있으니까요. '너'라고 적어놓으면 두 눈 똑바로 뜨고 살아가고 있는 주변의 많은 사람들이 한꺼번에 떠오르게 됩니다. 정신 바짝 차리게 되죠.*

시 속 '너'라는 존재는 '나'에 의해 관찰되는 수동적 존재가 아니라 '나'가 스스로를 끊임없이 의식하도록 만드는 시선이라고, 위의 말을 해석해본다. 시적 시선에 대한 위의 견해는 예사롭지 않다. 시적 주체가 자신을 드러내는 방식이 오직 '나'의 내면을 드러내는 일에 한정되지 않음을 강렬하게 암시하기 때문이다. '나'가 '나'를 탐구하는 방식은 '나'를 '나'로부터 떨어뜨림으로써 가능하다. 이때 호명되는 '너'는 다른 '나'이거나 '나'를 의식하도록 하는 타인의 범주를 크게 아우른다. 누군가 '나'를 보고 있다는 묘한 감각 속에서 '나'는 '나'를 다독이고 다스려나가는 일이 오직 스스로에게만 달려 있지 않음을 안다. 바로 이 한 걸음 더 나아간 시계의 확장이 이번 시집에서 벌어지고 있는 일이다. 익숙하고 일상적인 '나'를 낯설게 만드는 '너'

---

* 임승유·손남훈 대담, 「무지한 독자가 미지수의 시인에게」, 『오늘의 문예비평』 2021년 봄호, 156쪽 중 임승유의 발언.

의 시선을 적극적으로 의식하는 일이다.

이 지점에 와, 다시 한번 같은 질문을 던져보자. 그런데 그
것은 왜 이렇게 쓰여야 하는가? 타인의 시선으로 자신이 구
성되어 있다는 이런 시적 감각이 우리에게 왜 필요한가? 일
상을 낯설게 보는 일이 왜 중요한가?

살아 있는 생물 중에 식물만큼 인간과 이질적인 것도 없
다. (……) 하지만 역설적이게도 인간이 가장 크게 의존
하는 존재 또한 식물이다. 나는 거실에 식물을 키우면서
목적 없이, 결과물 없이, 하루하루를 살아갈 수 있어야 함
을 깨달았다. 침묵하면서 말하기, 말하면서 침묵하기에
가장 가까운 상태를 보여주는 것 역시 식물이다.*

임승유는 한 에세이에서 식물과 공생하기 시작하면서 자
신의 시간이 아닌 식물의 시간으로 삶을 헤아릴 수 있어야
함께할 수 있다는 것을 알게 됐다고 말한다. 타인의 시선을
통해 자신을 보는 것도 이와 비슷한 일일 것이다. 타인의 시
선에서 발견되는 '나'의 삶의 이질성은, 그것이 단순히 낯설
다는 사실을 드러내기 위함이 아니다. 낯선 시선으로 '나'
를, 일상을, 삶을 바라볼 수 있을 때 삶을 헤쳐나가는 방법
하나쯤은 강구할 수 있기 때문이다. 임승유의 말을 빌리자

---

* 임승유, 「생활하고 싶다」, 같은 책, 147쪽.

면 "목적 없이, 결과물 없이, 하루하루를 살아갈 수 있어야" 삶을 지속할 수 있다.

우리는 아주 느리게 움직이는 일상 속에서 미묘한 변화와 함께 살아간다. 미세하지만 분명하게 존재하는 꿈틀거림은 어떤 감정이나 생각일 수 있고, 이는 당장 내일의 인생을 대단히 크게 바꾸지는 않을지라도 분명 조금 전과는 '다른 삶'을 살게 한다. 별일 없이도 지낼 수 있어야 한다는 것은 이런 의미다. '다른 삶'을 향한 미묘한 움직임으로 삶이 지속되고 변화해간다는 것. 그러므로 매일 큰 전환이 일어나지 않아도 그런 채로도 인생이 흐른다는 사실을 믿으며 견딜 수 있어야 한다는 것. 그러자면 내면의 작은 움직임에 몰두할 수도 있을 것이며 그러노라면 일상이 더는 일상이 아닌 형태로 낯설게 감각되기도 한다는 것. 그렇게 미세하게 인생의 다른 국면이 발견된다는 것.

그런 이유를 들어 나는 임승유의 시를 '식물의 시선'이라고 말하겠다. 그러자고 할 때, 이러한 '식물'의 시선은 무엇을 보게 하는가? 이 낯선, 일상의 자각이 종내 우리의 삶을 어떻게 다르게 만들 것인가?

얼굴을 감싸쥐자 만들어지는 어둠
두 손은 잘못 없지만

흘러내리는

리듬과는 상관없는 것

동네 사람들이 마당에 모여 있었다. 그 안에 주검이 있다 했다. 맞아 죽었다 했다. 술 먹고 발 헛디뎠다 했다. 설거지통에 담겨 있는 식기류와

오후의 빛

이미지는 아니다

꿈속에서 친구는 혼자 나왔다. 그때 못 봤던 거 보러 가자. 빛이 빛을 벗어나는 방법

얼굴이 얼굴을 달아나는 방법

제라늄의 도움을 받아 빛으로 색깔을 만들었다. 나중에 밝혀지겠지만

신발 한 짝을 마저 벗지도 못한 채 집안으로 뛰어들어가

자식을 감싸안고서 흉기에 찔려 죽은 여성. 찔러 죽인 남자는

남편이라는 사람. 가족을 떼어내자 색깔이 분명해졌다.

찢어 죽일 놈. 어디 가서 지가 혀를 깨물고 죽지. 자기가 무슨 말을 하는지 아는 걸까. 엄마는

남편 잡아먹은 여자

옛날 사람들은 두려움도 없이 저런 말을 잘도 했다. 엄마 혼자서 얼마나 많이 들었는지

모른다.

아버지란 사람이 너한테 가장 잘한 일은 일찍 죽어버린 거라고 말하던 엄마는 가장 잘 이해했다.

가장 이해 못한 건

마당을 가로지르는 빛
뛰어다니는 사람들

친구랑은 손잡고 걸었다. 마음만 먹으면 날 수도 있었는데 혹시 몰라서 마음은 색깔처럼 남겨두기로 했다.

풍경처럼 존재하는 것을 걷어내면, 즉 인간의 관점에서는 '식물'이 움직이지 않고 말하지 않아서 너무도 당연하게 보인다는 단정을 걷어내고 나면, 이런 것이 보인다. 이 시는 한 여성의 죽음에 대해 말한다. "자식을 감싸안고서 흉기에 찔려 죽은 여성"은 "남편"에 의해 살해당했다. 이들을 '가족'이라는 사회 구성적 개념과 분리하지 않고 볼 때, 이 죽음은 '부부싸움'이나 '가정폭력'이라는 용어로 감경의 사유를 지닌다. 가족이라는 관계성을 투영하여 구성원의 죽음을 말할 때, 사건은 더욱 분명하게 조명되는 대신 사회가 제한적으로 허용하는 공동체적 가치를 공고히 하는 한에서만 말해지기에 그 객관성은 부분적으로 훼손당한다. 가족 구성원 사이에 폭력이 발생하거나 누군가가 죽을 수는 있어도 '가족'이라는 개념은 지켜져야 하기 때문이다. 그렇기에 "가족을 떼어내"면 "색깔이 분명"해진다. 시의 초반에서 이들이 가족임을 우선적으로 조명하지 않고, "주검이 있다 했다. 맞아 죽었다 했다. 술 먹고 발 헛디뎠다 했다"라는 진술을 통해 통념적 가치를 개입하지 않은 채 죽음을 조명하는 까닭이다.

이윽고 시는 타인의 죽음에서 가족을 걷어냄으로써 가족이 어떠한 필터를 덧씌우고 있는지를 보게 한다. 어떤 죽음이 그저 그런 당연한 풍경이 아니라 낯설고 이상하고 매우

폭력적인 형태로 부려져 있음을 보게 하고, 그러한 장면을 건너 "엄마"에게 사람들이 했던 말들, 오직 아버지의 죽음이 자녀에게 가장 잘한 일이라는 엄마의 이 전도된 말들로 이동한다. 어떤 '사건'이 그저 하나의 풍경으로 깔릴 때가 아니라 눈 안에 이질적인 감각으로 포착될 때, 이는 보는 것과 같거나 조금 다른 '보는 이'의 기억을 환기시키는 필터로 작동한다. 이때 필터의 시적 원형이 바로 "제라늄"이다. "제라늄"은 무언가를 보게 하는 장치로 드러난다("제라늄의 도움을 받아 빛으로 색깔을 만들었다"). 빛은 본래 많은 색을 품고 있지만 그 빛을 볼 수 있는 무언가를 관통하지 않으면 마치 없는 것처럼 여겨진다. "제라늄"이 바로 빛을 보게 만들었다면 "제라늄"의 존재와 그 시선은 보이지 않는 것을 보이게끔 만드는 역할을 한다고 고쳐 말할 수도 있을 것이다. "제라늄"은 단 한 구절에서 언급되고 있을 따름이지만 한 여성의 주검, 그를 둘러싼 말과 시선, 그 모든 것으로부터 '나'의 가족사를 복합적으로 환기시키는 시적 매개물이다. 한 여성의 죽음에 수많은 사회적 편견과 그로 인해 가중되는 비극이 놓여 있지만 그것이 어떤 관점을 통과하지 않으면 마치 존재하지 않는 것처럼 보인다는 것을, "제라늄"의 방식으로 '나'의 말이 말해지는 것이다. 즉 이 죽음에 대한 '나'의 시선은 이토록 낯선 시적 풍경으로 전환시키는 또다른 "제라늄"이다.

이 시선이 종내 도달하는 지점에 "마음"이 있다는 사실

또한 놓쳐서는 안 되겠다. 어떤 낯선 인지를 통해 "마음"이 '거기 있음'을 알게 한다는 사실을 말이다. 기실 마음은 대단히 특별하지도 않고 이상스럽지도 않아서 우리는 대개 그것이 있는 듯 없는 듯 아무런 이질감을 느끼지 못하는 상태로 머물러 있다. 이러한 있지만 없는 듯 느끼는 상태를 일상성이라 할 때, 임승유의 시가 불러일으키는 낯선 일상성의 감각이란 결국 마음이 여기에 있음을 매만지는 일과 같다. 아주 익숙한 것에 대해 인식하기 시작했을 때, 풍경이나 사물이나 사람 혹은 마음이 '거기에 있음'으로 인지되기 시작했을 때, 일상의 풍경이 깨어진다. 낯섦이 발생한다. 이 역설적인 지점을 포착하는 시선을 통해 어떤 마음의 있음을 말하려는 것이 임승유의 이번 시집에서 벌어지는 일이라 할 때, 그것은 어디까지 뻗어나가게 될까? 거기에 있음에서 나아가, 있었던 이 마음을 통해 무엇을 계속 발견해나가게 할 것인가? 이번 시집에서 드러나는 시선의 힘으로, 기대해볼 일이겠다.

임승유 2011년『문학과사회』를 통해 등단했다. 시집으로『아이를 낳았지 나 갖고는 부족할까 봐』『그 밖의 어떤 것』『나는 겨울로 왔고 너는 여름에 있었다』가 있다. 김준성문학상, 현대문학상을 수상했다.

— 문학동네시인선 213

생명력 전개

ⓒ 임승유 2024

— 1판 1쇄 2024년 6월 10일
1판 2쇄 2024년 7월 15일

지은이 | 임승유
책임편집 | 강윤정 편집 | 김봉곤
디자인 | 수류산방(樹流山房)
본문 디자인 | 유현아
저작권 | 박지영 형소진 최은진 오서영
마케팅 | 정민호 서지화 한민아 이민경 안남영 왕지경 정경주 김수인 김혜원
        김하연 김예진
브랜딩 | 함유지 함근아 고보미 박민재 김희숙 박다솔 조다현 정승민 배진성
제작 | 강신은 김동욱 이순호 제작처 | 영신사

펴낸곳 | (주)문학동네
펴낸이 | 김소영
출판등록 | 1993년 10월 22일 제2003-000045호
주소 | 10881 경기도 파주시 회동길 210
전자우편 | editor@munhak.com
대표전화 | 031) 955-8888 팩스 | 031) 955-8855
문의전화 | 031) 955-2696(마케팅), 031) 955-2678(편집)
문학동네카페 | http://cafe.naver.com/mhdn
인스타그램 | @munhakdongne 트위터 | @munhakdongne
북클럽문학동네 | http://bookclubmunhak.com

ISBN 979-11-416-0072-3 03810

www.munhak.com

— **문학동네**